Nos fuimos todos de safari
Una aventura de números por Tanzania

Para mis nietos: Tim, Gibson, Billy, Joe, Bennett,
y para los niños de la escuela primaria de Farmingville – L. K.

Para Helen y Lucy, con amor – J. C.

Barefoot Books quisiera agradecerle al Dr. Michael Sheridan,
profesor adjunto de Sociología y Antropología, de visita en Middlebury College en Vermont,
por su generosa ayuda con la pronunciación y traducción del swahili.

Barefoot Books
2067 Massachusetts Avenue
Cambridge, MA 02140

Publicado por primera vez en Estados Unidos en 2003 por Barefoot Books, Inc.
Esta edición en rústica fue publicada en 2005.

La tipografía de este libro se realizó en Legacy.
Las ilustraciones se hicieron en acuarela.

Diseño gráfico por Louise Millar, Londres
Separación de colores por Grafiscan, Italia

Impreso y encuadernado en China por Printplus Ltd.

Este libro fue impreso en papel 100% libre de ácido.

Library of Congress Cataloging-in-Publication Data
Krebs, Laurie.
[We all went on safari. Spanish]
Nos fuimos todos de safari / escrito por Laurie Krebs ; ilustrado por Julia Cairns.
p. cm.
ISBN 978-1-905236-08-4 (pbk. : alk. paper) 1. Animals--Tanzania--Juvenile literature. 2. Safaris--Tanzania--Juvenile literature. I. Cairns, Julia, ill. II. Title.
QL337.T3K7412 2005
590'.9678--dc22   2005003241

13 15 17 19 20 18 16 14 12

Nos fuimos todos de safari

Una aventura de números por Tanzania

Escrito por **Laurie Krebs**
Ilustrado por **Julia Cairns**

Barefoot Books
Celebrating Art and Story

Nos fuimos todos de safari
apenas comenzó el día.

Vimos un leopardo solitario.
Arusha contó **uno** con alegría.

moja 1

Nos fuimos todos de safari
por el extenso llano mojado.

Nos cruzamos con unos avestruces.
Mosi contó **dos** muy animado.

mbili **2**

Nos fuimos todos de safari,
y pasamos por una vieja acacia.

Cerca pastaban unas jirafas.
Tumpe contó **tres** con mucha gracia.

tatu **3**

Nos fuimos todos de safari
al fondo de un cráter antiquísimo.

Oímos a unos majestuosos leones.
Mwambe contó **cuatro** rapidísimo. nne 4

Nos fuimos todos de safari
donde las aves se zambullen y nadan.

Salieron unos fornidos hipopótamos.
Akeyla contó **cinco** entusiasmada.

tano

5

Nos fuimos todos de safari
entre manadas que andan lentamente.

Seguimos a unos lanudos ñúes.
Watende contó **seis** correctamente.

sita **6**

Nos fuimos todos de safari
bajo el sol alto y ardiente.

Divisamos unas cebras rayadas.
Zalira contó **siete** alegremente.

saba 7

Nos fuimos todos de safari
al Serengueti, ¡qué emoción!

Asustamos a unos jabalíes africanos.
Suhuba contó **ocho** de un tirón.

nane

8

Nos fuimos todos de safari
donde las ramas están entretejidas.

Vimos unos monos muy traviesos.
Doto contó **nueve** enseguida.

tisa 9

Nos fuimos todos de safari
por un amplio valle rocoso.

Observamos a unos enormes elefantes.
Bodru contó **diez** muy orgulloso.

kumi **10**

Nos fuimos todos de safari.
Al anochecer nos reunimos.

Juntos hicimos una fogata,
y las buenas noches nos dimos.

Los animales de Tanzania

El leopardo – chui *(chuy)*
Los leopardos suelen trepar con su presa a los
árboles, donde pueden comer y dormir sin peligro.
Sólo sus largos rabos, llenos de manchas, indican su
escondite secreto.

El león – simba *(simba)*
La leona caza para alimentar a la manada,
la cual puede tener hasta trece miembros.

El avestruz – mbuni *(umbuni)*
¡Los avestruces son más altos que la mayoría de
los jugadores de baloncesto! Miden unos 7 u 8 pies,
¡y son muy veloces!

El hipopótamo – kiboko *(quiboco)*
Para evitar que el sol les seque la piel los hipopótamos
pasan el día en el agua, con las orejas dobladas y las
fosas nasales cerradas.

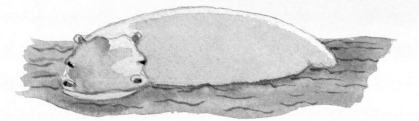

La jirafa – twiga *(tuiga)*
La lengua de las jirafas es de 18
pulgadas y su labio superior es
esponjoso, lo cual les permite
comer su alimento favorito,
la acacia, sin lastimarse con
las espinas.

El ñu azul – nyumbu *(ñumbu)*

El ñu azul parece ser una combinación de muchos animales. Tiene la cabeza de un buey, la crin de un caballo, los cuernos de un bisonte y la barba de una cabra.

La cebra de la llanura – punda milia *(punda milía)*

Como las huellas digitales de una persona, cada cebra tiene su propio patrón blanco y negro que le sirve de camuflaje durante el amanecer y el anochecer, cuando los leones andan de caza.

El jabalí africano – ngiri *(engiri)*

Las familias de jabalíes trotan rápidamente, en fila: la madre va primero, seguida por sus crías, todos con el rabo apuntando hacia arriba.

mono vervet – tumbili *(tumbili)*

crías de los monos vervet van adas al pecho de su madre. Se ran del pelaje de ésta y le ollan la cola alrededor del lomo.

El elefante – tembo *(tembo)*

La madre elefante cuida a su cría con mucha ternura. La esconde bajo sus patas o en medio de los demás elefantes cuando la manada se desplaza de un lugar a otro.

El pueblo masai

El pueblo masai de África oriental vive en el norte de Tanzania, cerca de la frontera con Kenia. Varias familias se agrupan en pequeñas aldeas. Los masai construyen sus casas con lodo, ramas, pasto y estiércol. Todos ayudan a cuidar el ganado, el recurso más importante de la tribu. Cuando el pasto es abundante, la gente se queda en el lugar. Cuando la tierra se seca y cambia la estación, el grupo se va en busca de agua dulce y pasto para su ganado.

Los masai son un pueblo orgulloso. Destacan por su altura y atractivo, así como por sus capas de color rojo intenso y los collares y aretes d cuentas con los que, tanto los hombres como la mujeres, se adornan. Algunos hombres tiene peinados muy elaborados y llevan tocado complejos. Por lo general, las mujeres se rapan l cabeza y llevan gruesos collares redondos de colo blanco, que parecen bailar cuando caminan.

Los masai han coexistido con la naturalez de África oriental durante miles de años. Es un de los últimos pueblos pastoriles en planeta, pero debido a los constantes cambio del mundo moderno, están luchando par conservar su estilo de vida.

Los nombres en swahili

En Tanzania, cuando los padres buscan un nombre para sus hijos, escogen un nombre con un significado especial. Ellos esperan que, algún día, su bebé tenga las mismas cualidades que indica su nombre.

ARUSHA (f) *(arusha)* – independiente, creativa, emprendedora

MOSI (m) *(mosi)* – paciente, responsable, ama a su familia y su casa

TUMPE (f) *(tumpe)* – amigable, graciosa, líder y organizadora

MWAMBE (m) *(muambe)* – ordenado, pacífico, buen hombre de negocios

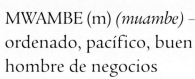

AKEYLA (f) *(aqueila)* – ama la naturaleza y el aire libre

WATENDE (m) *(uatende)* – sensible, generoso, creativo

ZALIRA (f) *(salira)* – comprensiva, pacífica, amigable

SUHUBA (m) *(suhuba)* – listo, talentoso, cariñoso

DOTO (m/f) *(doto)* – generoso(a), cariñoso(a), atento(a)

BODRU (m) *(bodru)* – trabajador, lleva a cabo lo que empieza

Datos sobre Tanzania

Tanzania es el país más grande de África oriental. Es más del doble de grande que California.

El monte Kilimanjaro es la montaña más alta de África. Tiene una altura de 19,340 pies (5,895 metros).

El lago Victoria, en el norte del país, es el segundo lago más grande del mundo.

Antes de 1961, este país se llamaba Tanganyika. Uno de sus grandes lagos conserva ese nombre: el lago Tanganyika. Hoy en día, Tanzania incluye Tanganyika y la isla de Zanzíbar.

Más de 100 tribus viven en Tanzania.

El nombre Serengueti significa "llanura sin fin".

El cráter Ngorongoro es una caldera volcánica. Antiguamente era una montaña más alta que el Klimanjaro, pero en la actualidad tiene la forma de un enorme cuenco.

A veces se le llama a la garganta de Olduvai la cuna de la humanidad, pues, en ese lugar, se han encontrado huesos humanos muy antiguos.

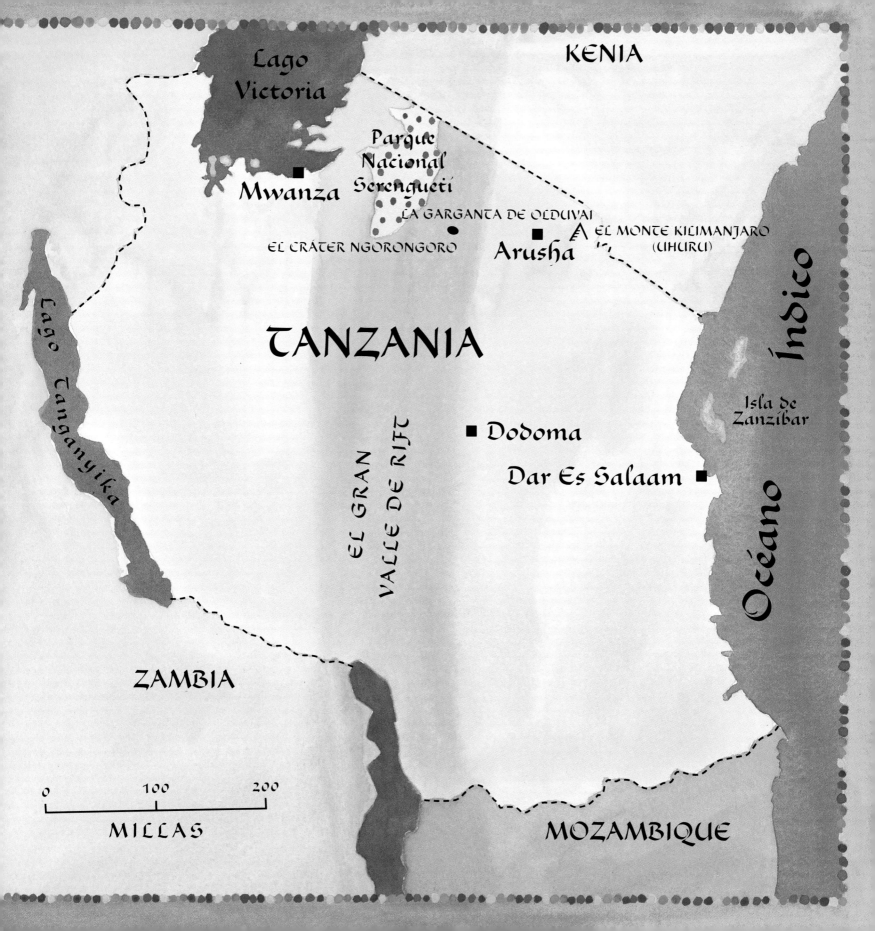

KENIA

Lago
Victoria

Parque
Nacional
Serengueti

Mwanza

LA GARGANTA DE OLDUVAI

EL CRÁTER NGORONGORO   Arusha

EL MONTE KILIMANJARO
(UHURU)

Lago Tanganyika

TANZANIA

Índico

Isla de
Zanzíbar

EL GRAN VALLE DE RIFT

Dodoma

Dar Es Salaam

Océano

ZAMBIA

0   100   200

MILLAS

MOZAMBIQUE

Contar en swahili

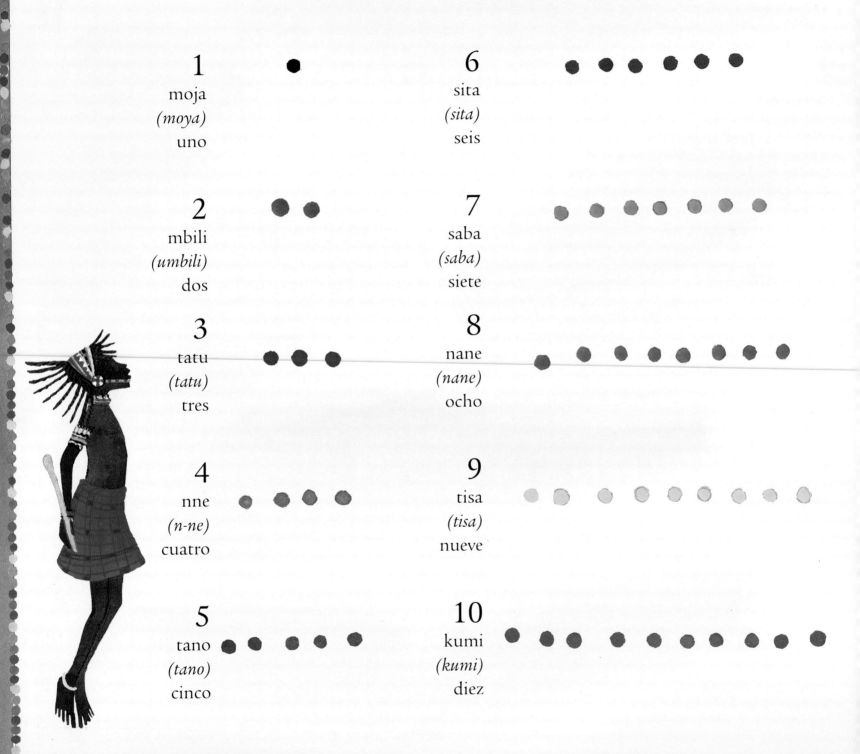

1
moja
(moya)
uno

2
mbili
(umbili)
dos

3
tatu
(tatu)
tres

4
nne
(n-ne)
cuatro

5
tano
(tano)
cinco

6
sita
(sita)
seis

7
saba
(saba)
siete

8
nane
(nane)
ocho

9
tisa
(tisa)
nueve

10
kumi
(kumi)
diez